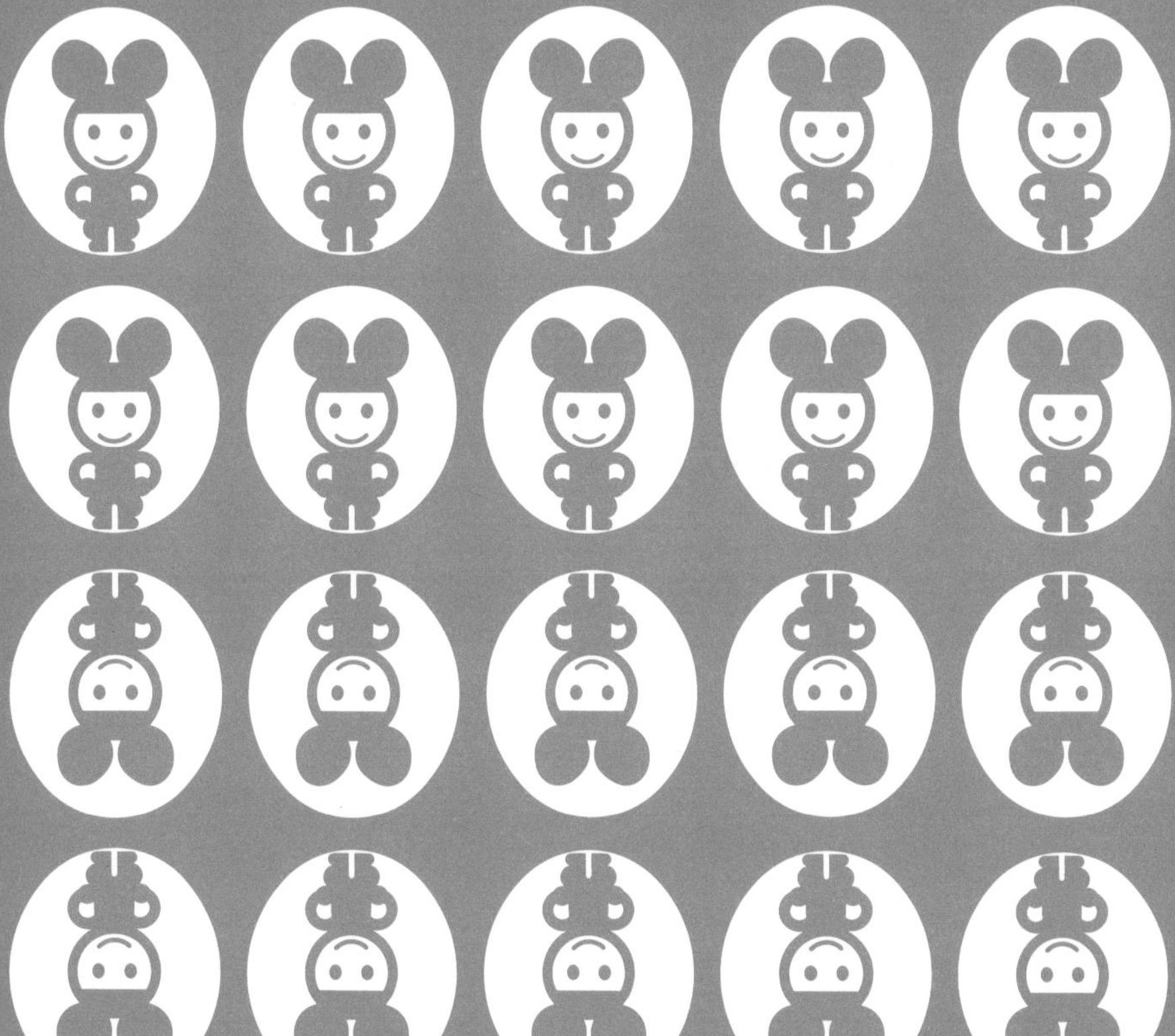

JN183443

いえのおばけずかん

ゆうれいでんわ

斉藤《さいとう》 洋《ひろし》・作　宮本《みやもと》えつよし・絵

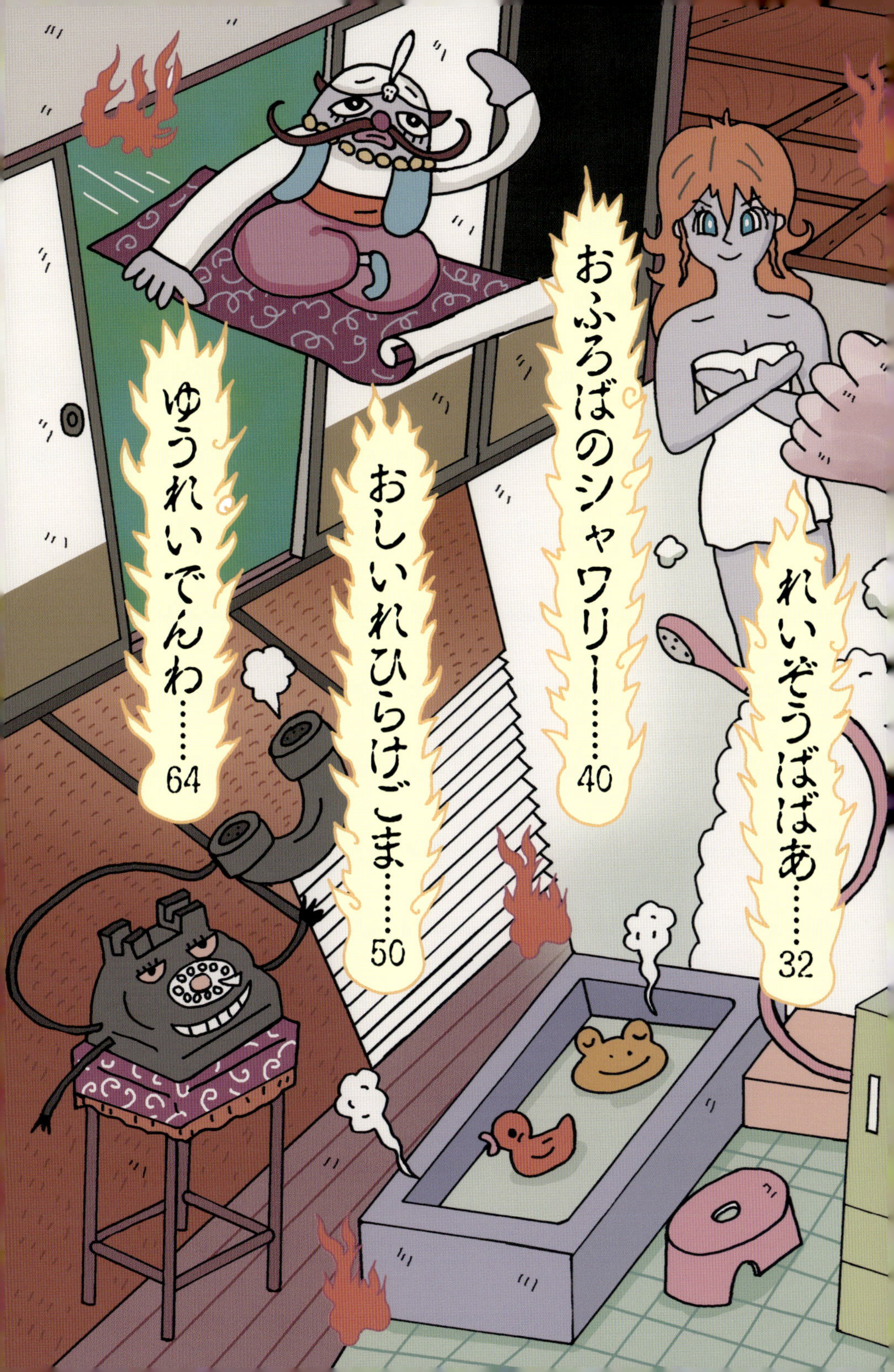

あんこくげんかん

がっこうから　かえって　くると、いえの
げんかんの　ドアの　となりに、もう　ひとつ、
みなれない　ドアが　できて　いる　ことが
あります。

それは　あんこくげんかんです。
ドアを　あけると、なかは　くらやみ。
あんこくの　せかいが　ひろがって　います。
もちろん、はいっては　いけません。
てでも、あしでも、ちょっとでも
いれると……。

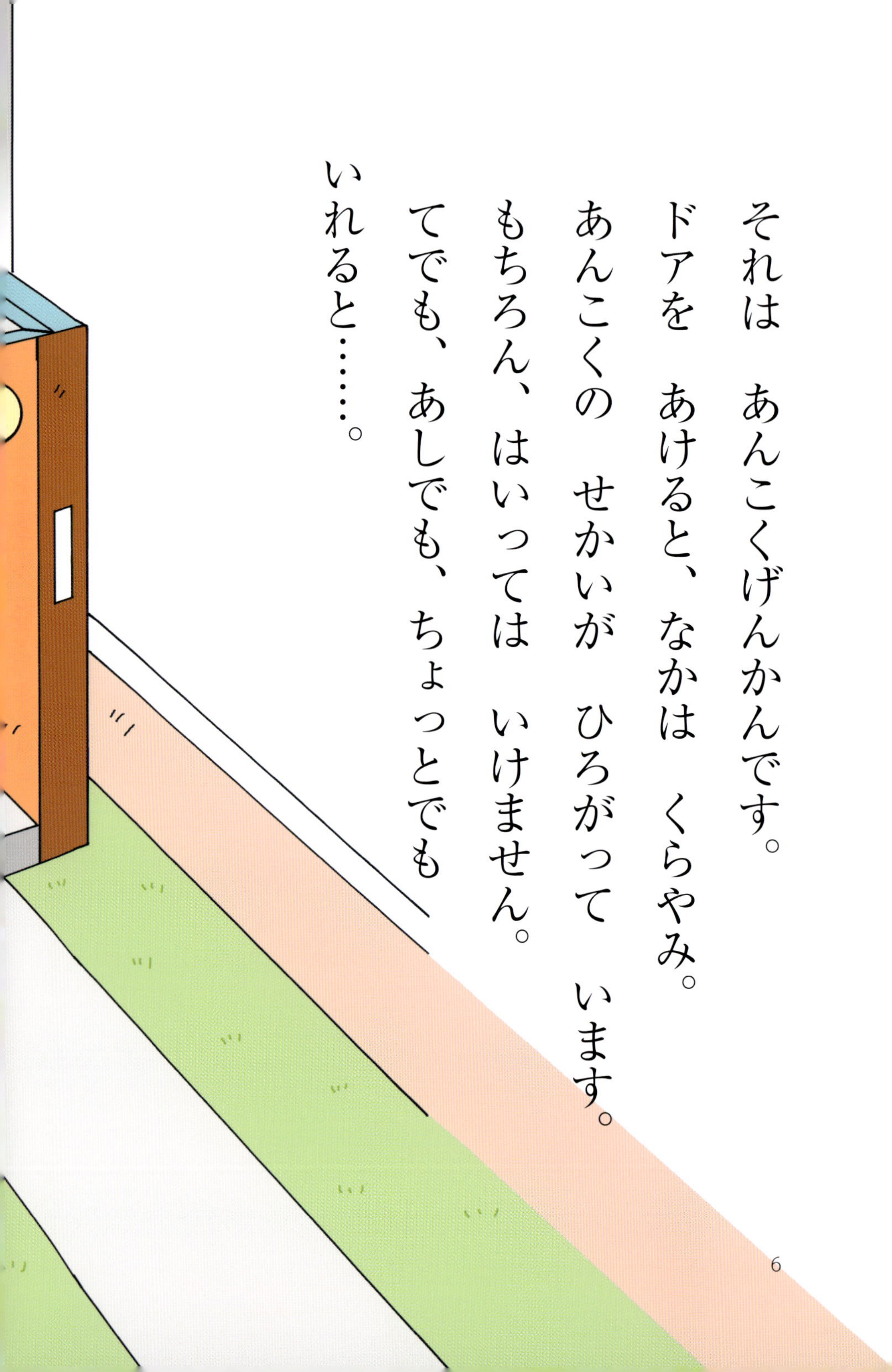

ギギギーッ！

たちまち　なかに　すいこまれて　しまいます。
もちろん、そこは　じぶんの　うちでは
ありません。
では、どこかって？
さあ、もどって　きた　ひとは
いませんから
わかりませんねえ……。

ヒエ〜ッ

そう　ならない　ためには、なかに
てを　つっこんだり、あしを　ふみいれたり
しない　ことです。
そんな　ことを　しないで　すぐに　ドアを
しめれば、だいじょうぶ。
そうすれば、ドアは　きえます。
あけなければ、もっと　だいじょうぶ！

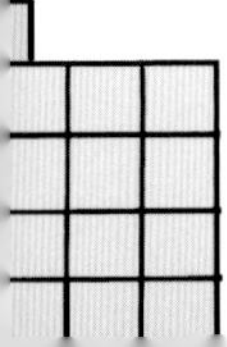

ただいまーっ！

ひゃくねんどけい

たとえば、おじいさんとか、
ひいおじいさんとか、
ひいひいおじいさんとかが　うまれた　ひに
かって　きて、その　まま　ずっと　うちに
ある　とけいが　ふるく　なり……、

いやあ、さっき、むすこが　うまれましてね。きねんに、はしらどけいを……。

ちょうど　百《ひゃく》ねん　たった　たんじょうびに
なると、ふだんなら、ボーン、ボーンと
ゆっくり　ときを　つげる　とけいが、
おじいさんや　ひいおじいさんや
ひいひいおじいさんが　うまれた　じかんに……、

ボン
ボン

ボン、ボン、ボン、ボン、ボン……と、ものすごい　はやさで、れんぞく　百《ひゃっ》かい　なります。そして、なりおわると、もじばんに、おじいさん、または、ひいおじいさん、または、ひいひいおじいさんの　かおが　あらわれ、たんじょうびの　うたを　うたうのです。

♪ハッピ・バスデ・ツー・ミー！

でも、それだけで、あとは　なにも
おこらないから、だいじょうぶ。
うたいおわると、かおは　きえて　しまいます。
百《ひゃく》ねんに　一《いち》どしか　おこらないから、
だいじょうぶ！
つぎは　あと　百《ひゃく》ねんごです。
百《ひゃく》ねんかん、だいじょうぶ！

てんじょうおおあし

よる、ものすごく　おおきくて、
しかも　きたない　あしが　てんじょうから
にゅっと　あらわれる　ことが　あります。
それは　てんじょうおおあしです。

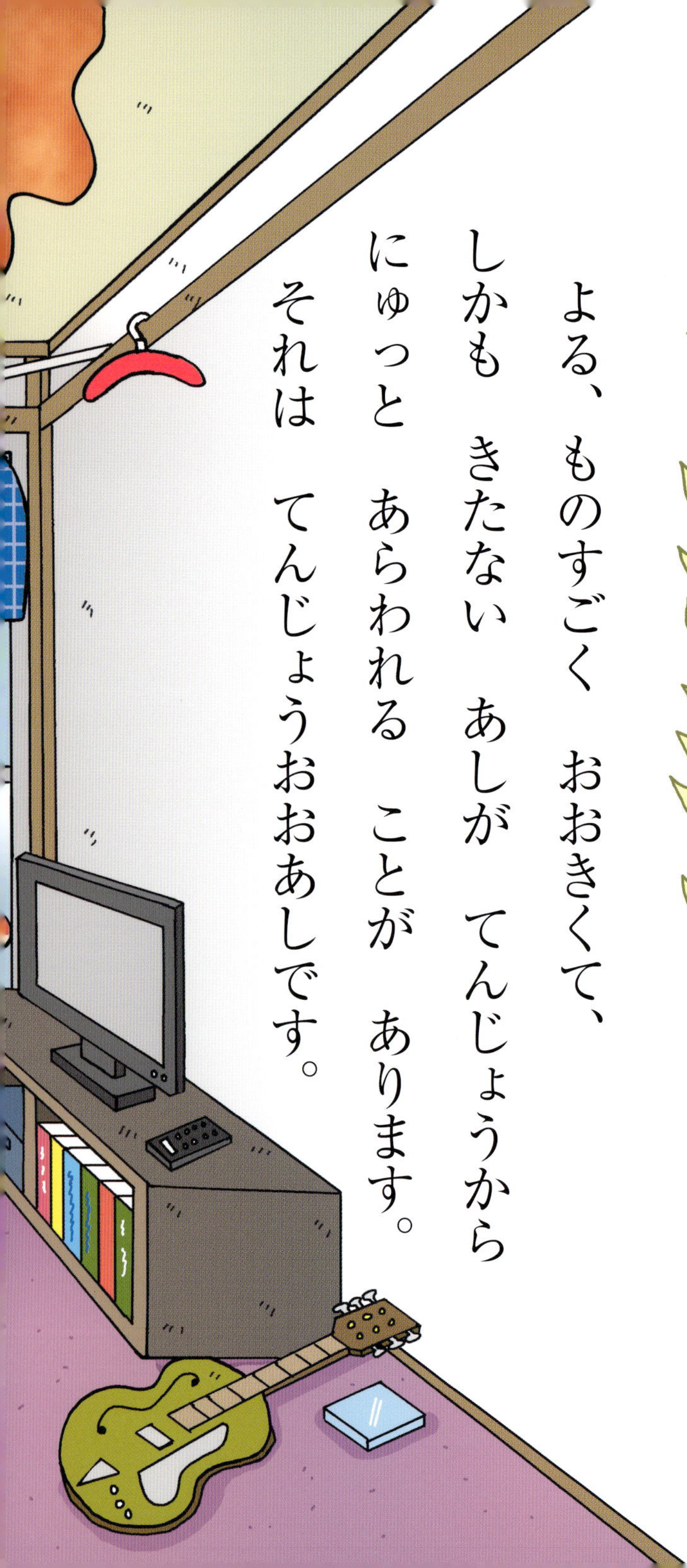

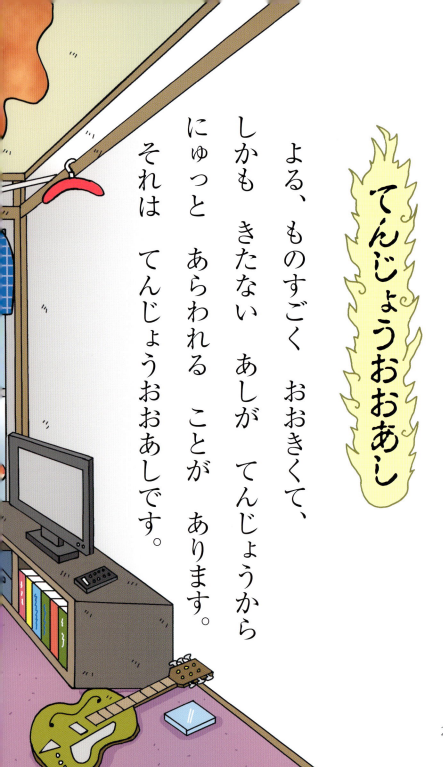

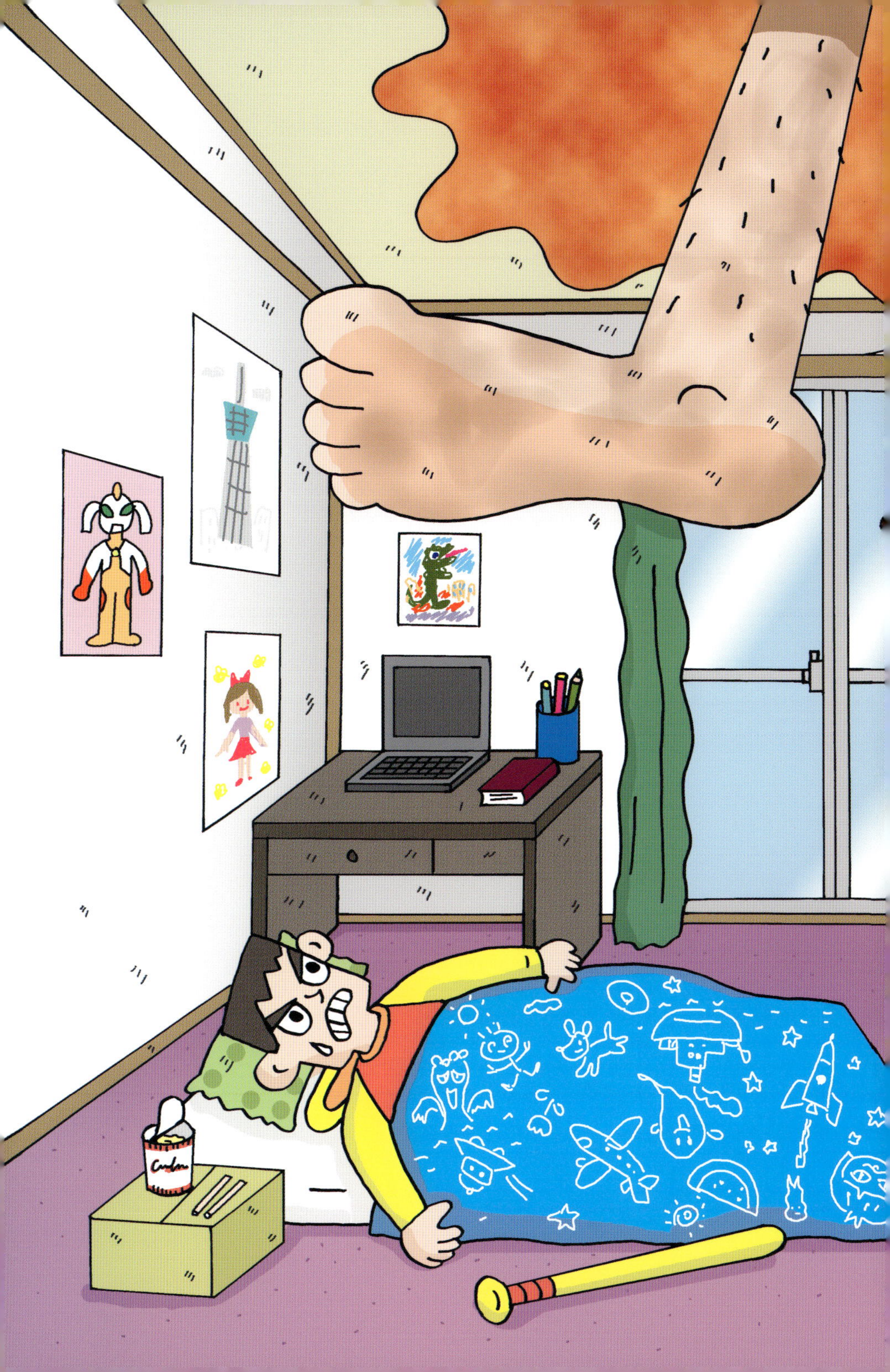

ほうって　おくと、
あちこち　ふみつけて、
いろいろな　ものを
こわしまくり、へやを
よごしまくります。

OBAKE

あわてて、あしを　バットなんかで
なぐりつけては　いけません。
そんな　ことを　したら、もっと　あばれて、
へやを　めちゃくちゃに　するだけでは
なく……、

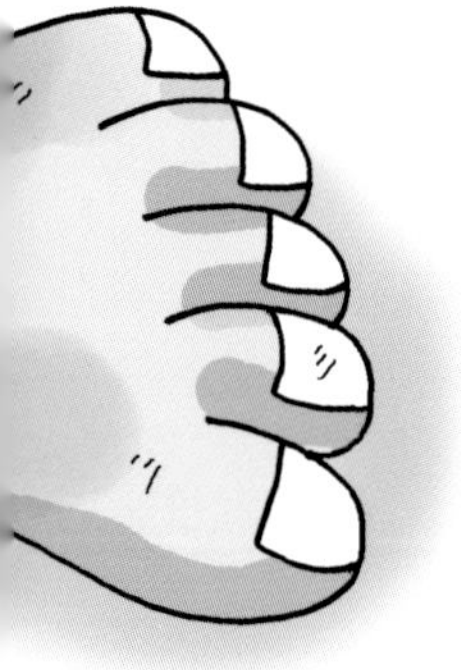

バン

ぎゅうぎゅう、ふみつけられて、あさまで
あしは　どいて　くれません。
どんな　ひとでも、たちまち　きぜつ！
あさまで　きぜつしっぱなし！
そう　ならない　ためには……、

OBAKE

あしが　でて　きたら、すぐ、
こどもようの　ビニールプールに　おゆを　はり、
よごれて　いる　あしを　あらって
あげましょう。
　そうすると、うれしがって、
あばれなく　なるから、だいじょうぶ！

OBAKE

ついでに、ゆびを　マッサージして　あげると、
よろこんで、おあしを　のこして、
てんじょうに　かえります。
だから、だいじょうぶ。
しばらくは、おこづかいたっぷりで、
せいかつも　だいじょうぶ！

むかしは、おかねの　ことを
おあしとも　いいました。

1000
AKE

れいぞうばばあ

しょうみきげんが　すぎた　たべものを
れいぞうこに　たくさん　いれて　おいては
いけません。
そんな　ことを　すると、　よなか、
どこからとも　なく　だいどころに……、

れいぞうばばあが　あらわれます。
れいぞうばばあは、
「うっひゃっ、ひゃひゃひゃあ！」
と　わらって、れいぞうこを　あけ、
しょうみきげんの　すぎた　たべものを
ぜんぶ　たべて
しまいます。

バリボリ
ムシャ!
ムシャ!

でも、だいじょうぶ！
れいぞうばあは　しょうみきげんの
すぎた　ものしか　たべて　いきません。
あたらしい　たべものは　たべないから、
だいじょうぶ！
かえって、れいぞうこの　なかが
かたづいて　よかったね。

さかなは　ふるいほど、うまいのじゃ。

でも、しょっちゅう、れいぞうこに
しょうみきげんの　すぎた　ものを
いれて　おくと、だいどころに
れいぞうばばあが　すみついて　しまいます。
だから、きを　つけなくっちゃあ……。

茶

おふろばのシャワリー

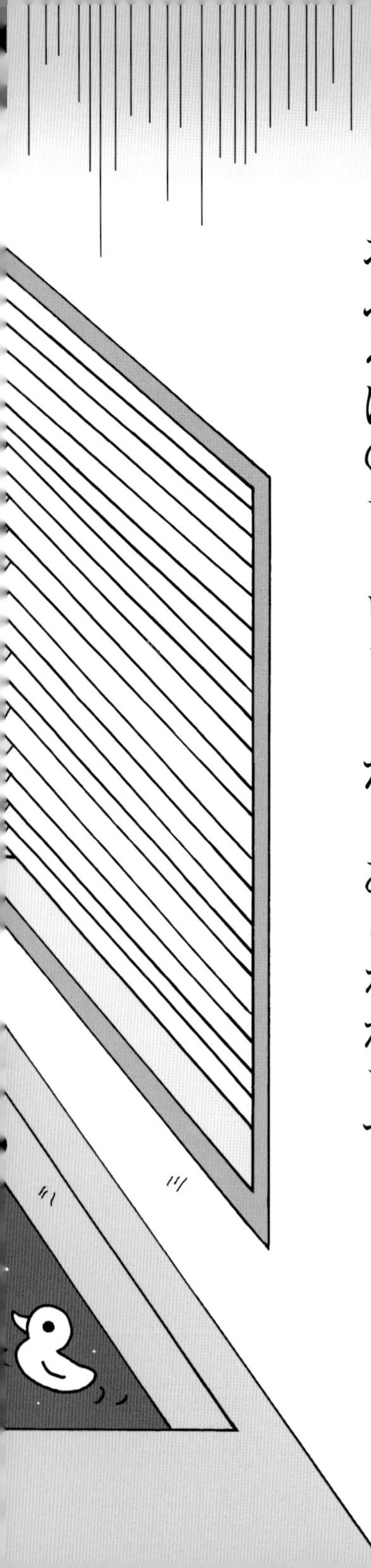

わかくて、イケメンの　おとこの　ひとが
おふろばで　あたまを　あらって　いる　とき、
おふろばのシャワリーが　あらわれます。

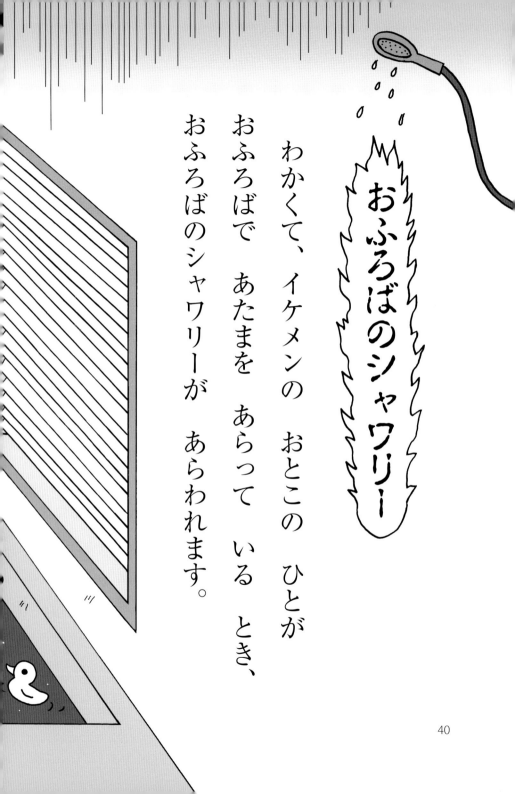

おふろばのシャワリーは　おとこの
ひとの　みみもとで、
「シャンプーして　あげましょうか？」
と　ささやきます。
おどろいて、ふりむいても、そこには、
だれも　いません、と　いうか、だれの
すがたも　みえません。

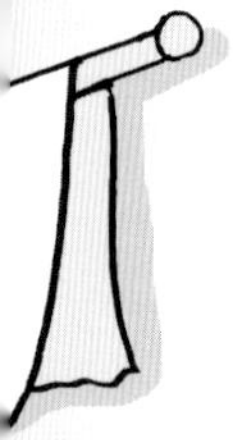

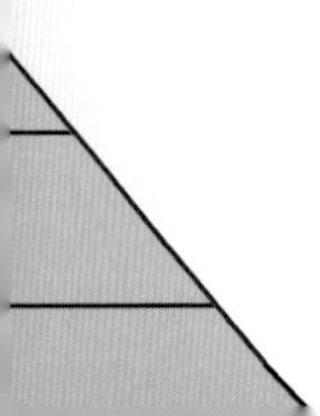

そらみだったかと　おもって、あたまを
あらいだすと、また　こえが　きこえます。
「シャンプーして　あげましょうか？
わたしが　すると、しぬほど　いい　きもち。」
もし、それで、
「じゃあ、おねがいします。」
なんて　いうと……。

たちまち、おふろばのシャワリーの　くちが
みみまで　さけて、うしろから
おとこの　ひとの　あたまを　ガブリ！
しぬほど　いい　きもちなのは、おとこの
ひとでは　なく、おなかが　いっぱいに　なった
おふろばのシャワリーなのです。

おばけおんせん

おふろばのシャワリーは、おんなの　ひとや
こどもの　ところには　あらわれません。
だから、だいじょうぶ。
おとこでも、わかくて、イケメンで　ないと、
おふろばのシャワリーは　やって　こないから、
だいじょうぶ。
やって　きても、きっぱりと　ことわれば、
だいじょうぶ。

じぶんで　あらうから、だいじょうぶ！
まに　あってます。

おしいれひらけごま

おしいれの　まえで、アラビアン・ナイトの
アリババの　まねは　しない　ほうが
いいでしょう。
たいていは　なんでも　ありません。
でも、たまに……、

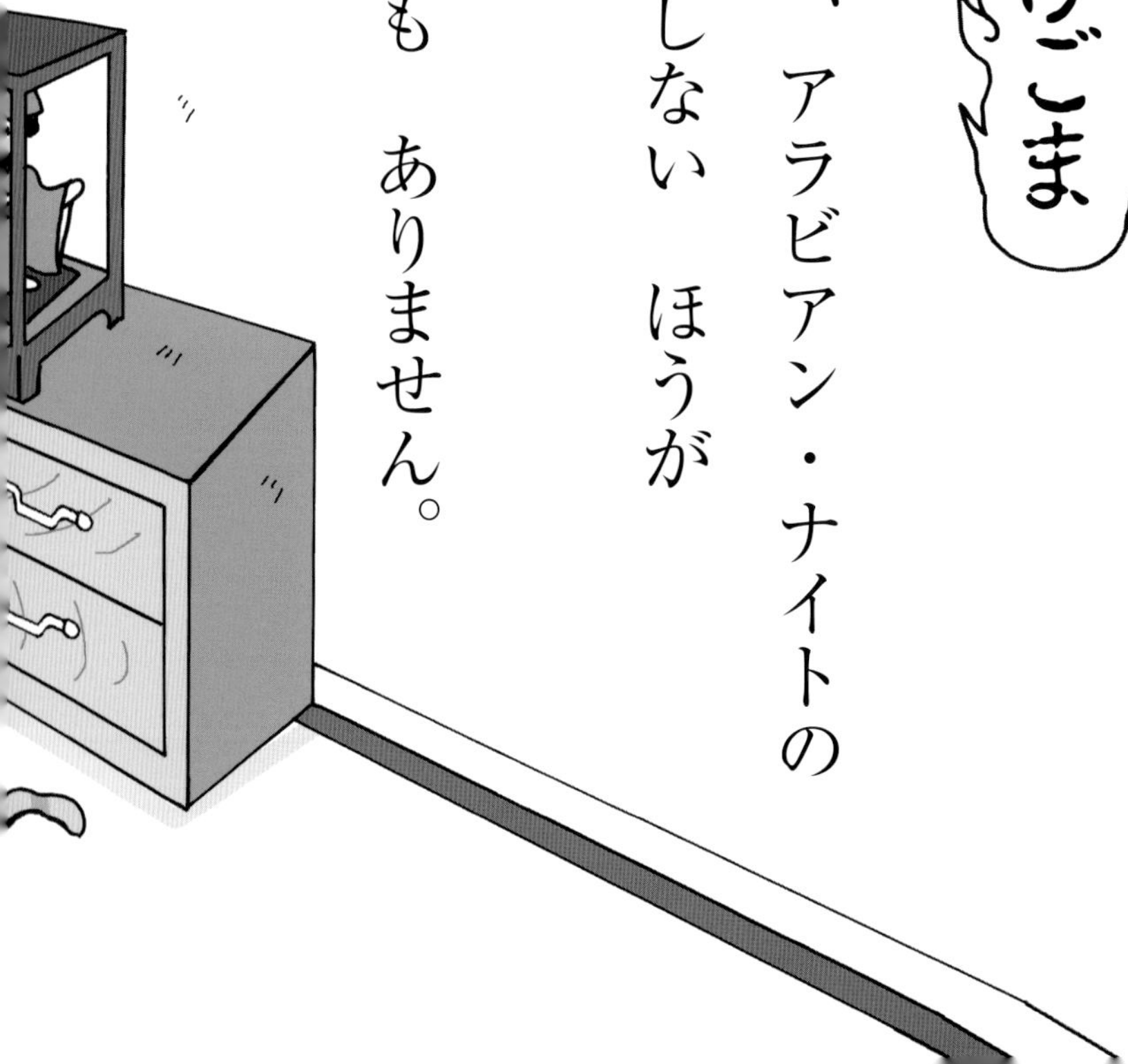

ひらけ　ごま！

……なんて　さけぶと、ほんとうに
おしいれの　ふすまが　すーっと　あき、
なかから　おおきな　てが　にゅっと
でて　くる　ことが　あるのです。

ては　こちらの　あたまを　むんずと
つかみます。
つかまれると、その　まま　おしいれの
なかに　ひきずりこまれて　しまいます。
ふすまは　しぜんに　しまり、
おおごえを　あげても、そとには
きこえません。

ピシャ！

おしいれの　なかは　まっくらです。
まっくらな　なかで、ぬめぬめした　ものに
かおや　あたまを　なめまくられます。
それは、おしいれひらけごまの　べろです。
もちろん、ても　おしいれひらけごまの
てだったのです。

おしいれひらけごまは、そう　やって
おおきな　てで　あたまを　つかみ、
べろべろ　べろべろ、べろで
なめまくって　くるのです。
でも、なめられても、あたまや　かおが
べとべとに　なるだけだから、だいじょうぶ。

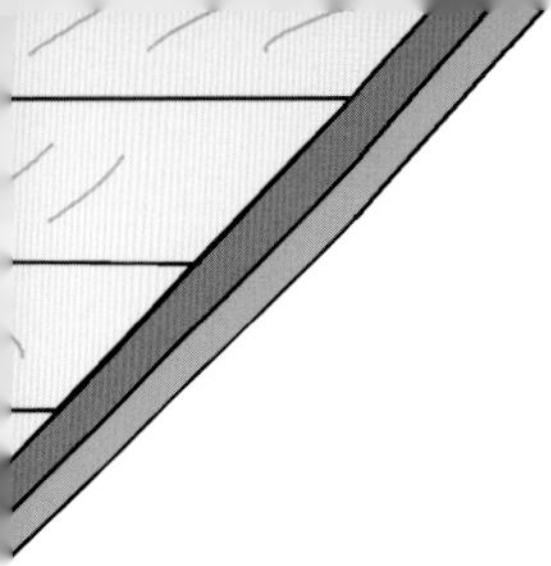

おしいれひらけごまは、どうやら
いそがしいようで、ずっと　そこには　いません。
せいぜい　五《ご》ふんくらいです。
それくらいで、おしいれの　ふすまが　また
しぜんに　あいて、そとに　でられます。
だから、だいじょうぶ。

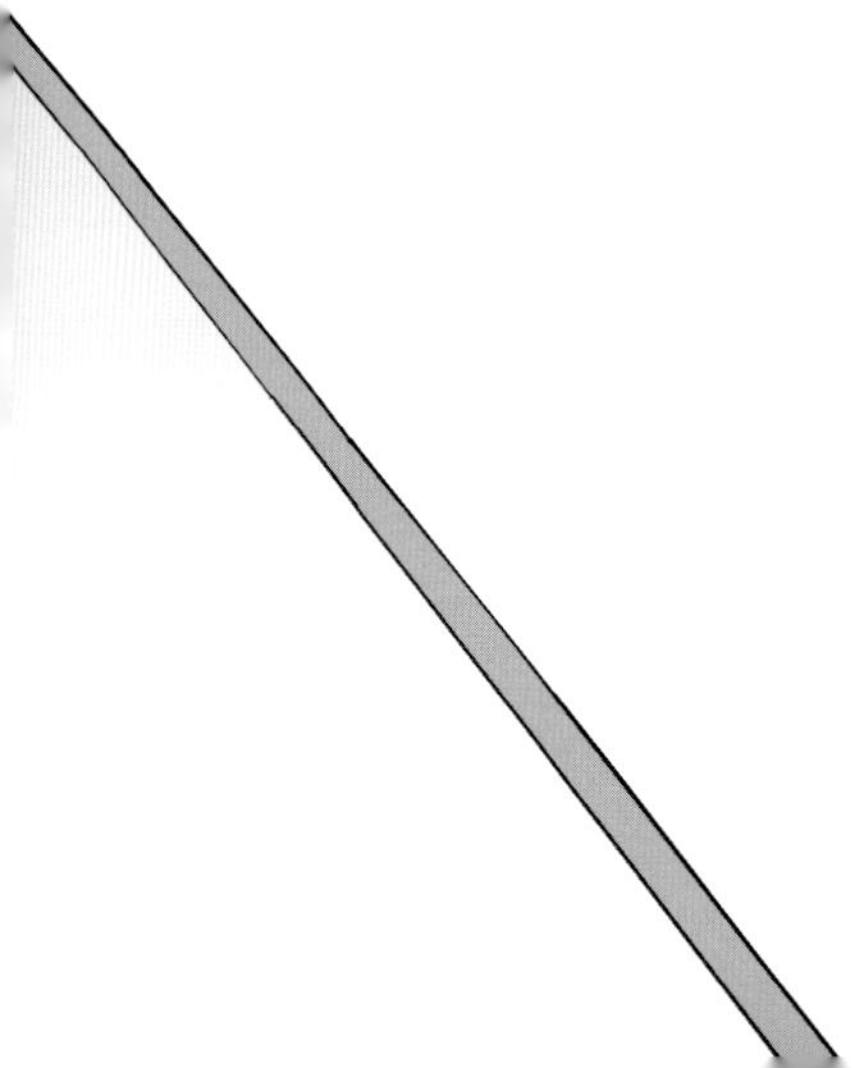

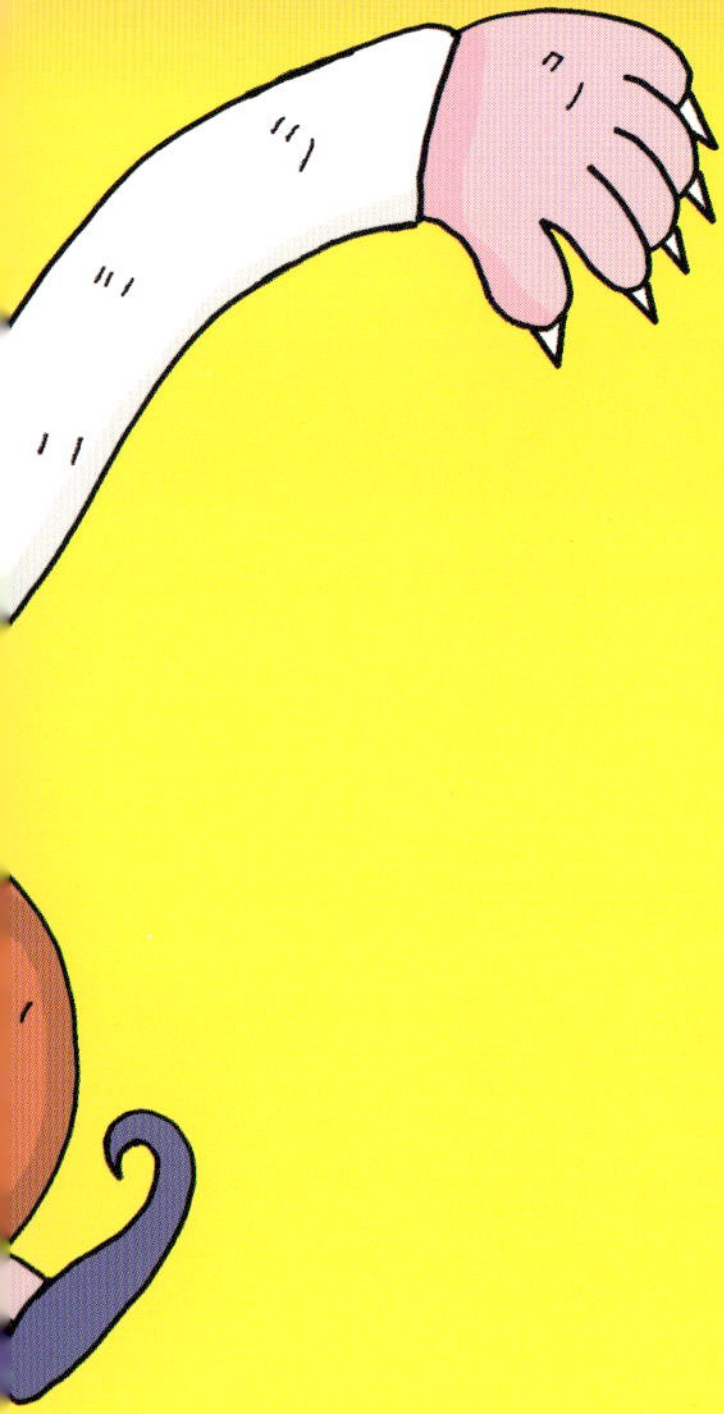

せっかくなので、おしいれから、もうふを
ひっぱりだして、アラビアン・ナイトの
そらとぶじゅうたんごっこを　して、
きぶんてんかんすれば、だいじょうぶ！
おしいれの　まえで、アリババの　まねを
しなければ、さいしょから　だいじょうぶ！

ちゅうい：あぶないので、もうふに　のって、
おしいれの　うえの　だんから、とびおりては
いけません。そらとぶじゅうたんごっこは、
おへやの　ゆかで　しましょう！

ゆうれいでんわ

このごろ、でんわと　いえば、
けいたいでんわです。
でも、むかしの　でんわは　そうでは
ありませんでした。

じゅわき
ダイヤル
ほんたい
コード

そういう　でんわは　もう　ほとんど
のこって　いません。
みんな、すてられて　しまったのです。
でも、もし、どこかに　あったら、
ひょっとすると、それは　ゆうれいでんわでは
ないでしょうか。

おばけずかん

もし、そうなら、よなかに　なると、だれも
さわって　いないのに、じゅわきが　すうっと
ういて、ダイヤルが　まわりはじめます。
どこに　でんわを　かけて　いるのでしょう？

どこかで　でんわが　なって　います。

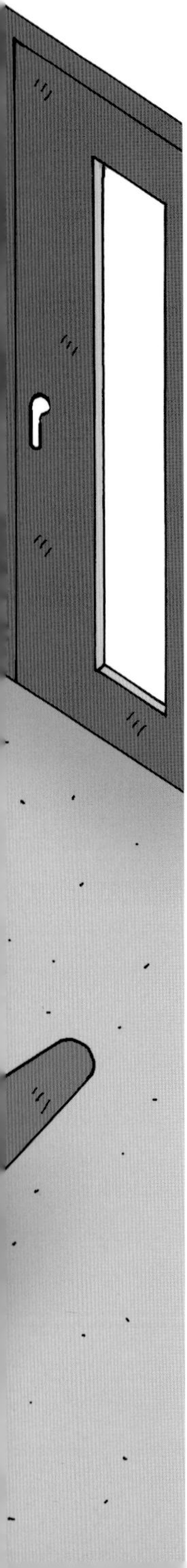

おとも　きもち　わるいし、
ちゃくしんひょうじが　へんです。
ゆうれいでんわから　でんわが　かかって
きたのです。
けっして　でては　いけません。
もし、でて　しまうと……。

もしもし……。

てに　もって　いる　けいたいでんわは
たちまち、ふるくさい　かたちの
ゆうれいでんわに　かわって　しまいます。
もちろん、もって　いる　ひとも　すぐ
ゆうれいに　なって　しまうのです！

そう　ならない　ためには、どう　すれば
いいのでしょう?

かんたんです！
そういう　でんわには　でなければ
いいだけです。
でんわに　でなければ、だいじょうぶ！
でも、もし　でて　しまったら？
すぐに、こう　いいましょう！

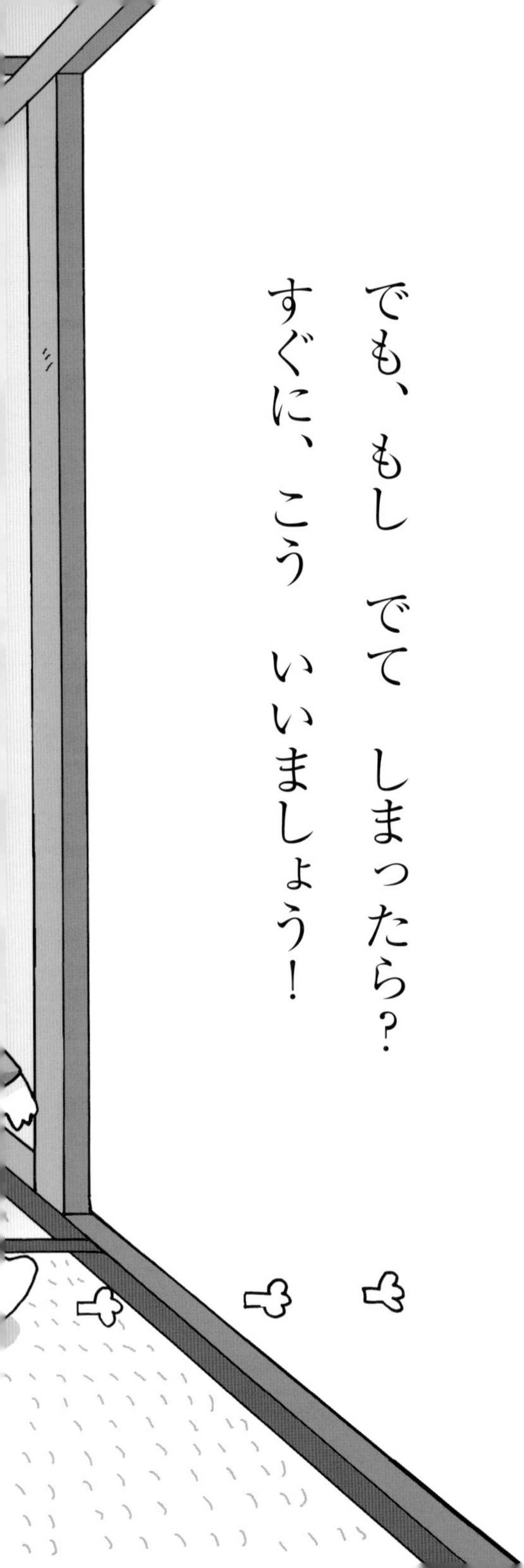

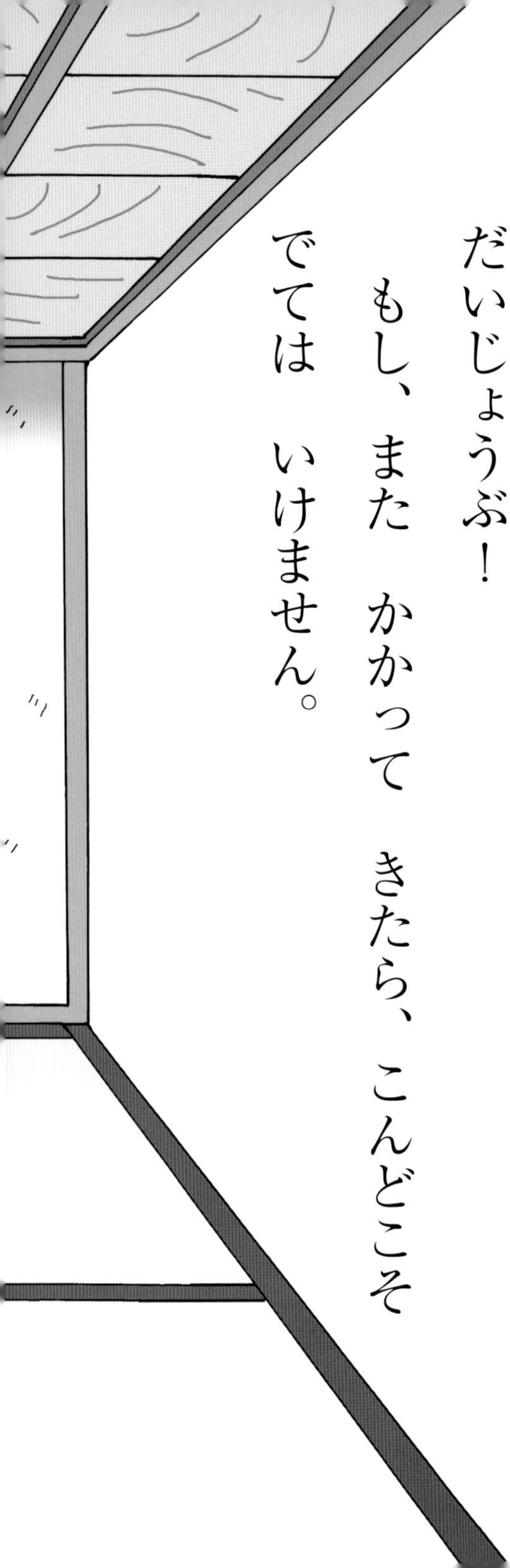

「おかけに　なった　ばんごうは、げんざい
つかわれて　おりません。ばんごうを
おたしかめの　うえ、おかけなおしください。」
これで　でんわを　きれば、もう
だいじょうぶ！
もし、また　かかって　きたら、こんどこそ
でては　いけません。

おやすみなさい。

作者・斉藤　洋
〔さいとうひろし〕

昭和二十七年、東京生まれ。おもな作品に、「ペンギン」シリーズなど。うちでも、そとでも、おばけはでます。でも「おばけずかん」シリーズをよんでおけば、だいじょうぶ！

画家・宮本えつよし
〔みやもとえつよし〕

昭和二十九年、大阪生まれ。おもな作品に、「キャベたまたんてい」シリーズなど。いえのおばけが、いちばんこわいかもしれない。にげるところがないからね。

シリーズ装丁・田名網敬一《たなあみけいいち》

どうわがいっぱい⑩⑦

いえのおばけずかん
ゆうれいでんわ

2015年11月25日　第1刷発行
2024年 1 月19日　第16刷発行

作者　斉藤《さいとう》　洋《ひろし》
画家　宮本《みやもと》えつよし

発行者　森田浩章
発行所　株式会社 講談社
〒112-8001 東京都文京区音羽2-12-21
電話　編集　03（5395）3535
販売　03（5395）3625
業務　03（5395）3615
N.D.C.913　78p　22cm
印刷所　株式会社 精興社
製本所　島田製本株式会社
本文データ作成　脇田明日香
KODANSHA

©Hiroshi Saitô/Etsuyoshi Miyamoto　2015
Printed in Japan
落丁本・乱丁本は、購入書店名を明記のうえ、小社業務までお送りください。送料小社負担にておとりかえいたします。本書のコピー、スキャン、デジタル化等の無断複製は著作権法上での例外を除き禁じられています。本書を代行業者等の第三者に依頼してスキャンやデジタル化することは、たとえ個人や家庭内の利用でも著作権法違反です。なお、この本についてのお問い合わせは、児童図書編集までお願いいたします。定価はカバーに表示してあります。

ISBN978-4-06-199607-6

おばけずかん シリーズ

斉藤 洋・作　宮本えつよし・絵

うみの おばけずかん

やまの おばけずかん

まちの おばけずかん

がっこうの おばけずかん

がっこうの おばけずかん ワンデイてんこうせい

がっこうの おばけずかん あかずのきょうしつ

いえの おばけずかん

がっこうの おばけずかん おきざりランドセル

のりもの おばけずかん

がっこうの おばけずかん おばけにゅうがくしき

いえの おばけずかん ゆうれいでんわ

どうぶつの おばけずかん

びょういんの おばけずかん おばけきゅうきゅうしゃ

いえの おばけずかん おばけテレビ

びょういんの おばけずかん なんでもドクター

こうえんの おばけずかん おばけどんぐり

いえの おばけずかん ざしきわらし

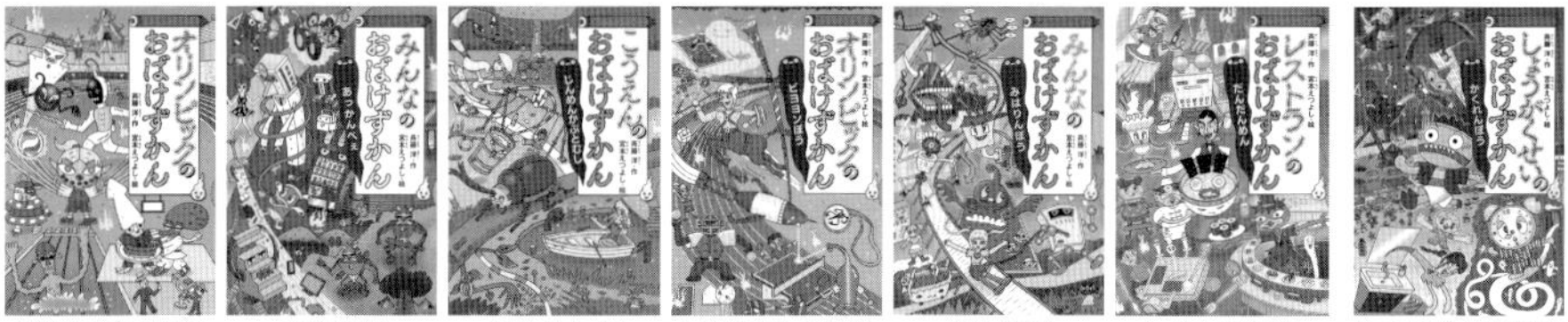

オリンピックの おばけずかん

みんなの おばけずかん あっかんべぇ

こうえんの おばけずかん じんめんかぶとむし

オリンピックの おばけずかん ビヨヨンぼう

みんなの おばけずかん みはりんぼう

レストランの おばけずかん だんだんめん

しょうがくせいの おばけずかん かくれんぼう

えんそくの おばけずかん おいてけバスガイド

レストランの おばけずかん ふらふらフラッペ

まちの おばけずかん マンホールマン

がっこうの おばけずかん おばけいいんかい

おまつりの おばけずかん じんめんわたあめ

だいとかいの おばけずかん ゴーストタワー

まちの おばけずかん おばけコンテスト

がっこうの おばけずかん げたげたばこ

いちねんじゅう おばけずかん ハロウィンかぼちゃん

がっこうの おばけずかん おちこくさま

りょこうの おばけずかん おみやげじいさん

テーマパークの おばけずかん メトロコースター

レストランの おばけずかん

2024 年3 月 刊行予定